U0106067

火山醒來了

認識 火山的形成

〔意〕Agostino Traini 著 / 繪

張琳 譯

新雅文化事業有限公司

www.sunya.com.hk

當章魚遇到危險時，牠會怎麼做呢？

章魚身體柔軟，當牠遇到危險時，會釋放出墨汁，趁機逃走；當敵人抓住牠的觸手時，牠還可以自斷觸手，因為過不久，新的觸手又會長出來。

這是美好的一天。
水先生和朋友們在愉快地聊天。

你的姪子好嗎？

還不錯，謝謝！

突然，從海底冒出一大串氣泡。

當氣泡冒到海平面上時，很快就化成了一朵朵散發着硫磺氣味的雲霧。

「太奇怪了！」水先生說。

「嗯，非常奇怪！」章魚回答道。

我聞到了臭雞蛋的氣味！

熱氣球為什麼可以升上天空？

當點燃熱氣球的噴燈後，熱氣球內就會開始加熱，空氣開始膨脹，密度開始變得比外面的小，也就是說熱氣球內的空氣比外面的空氣輕一些，在浮力的作用下，就能升上天空了。

水先生和章魚一起去看看到底發生了什麼事。

原來，海底裏有一座小山丘，氣泡就是從小山丘冒出來的。

那是座小火山！

我才剛剛出生！

這是一座海底小火山。

小火山看起來很快樂，他想快快長大。
他不停地長呀長，直到有一天終於露出了海面。
這時，從他的腦袋裏噴射出一種會冒煙的液體火燄。

你的腦袋在冒煙！

嗯，是的，我的頭腦很容易「發熱」！

噴出來的紅色火燄叫做岩漿。

他長得可真快！

知識點

火山為什麼會長高？

火山噴發時會湧出大量岩漿，當火山不停地噴發時，湧出的岩漿會令火山不斷擴大和長高。

小火山繼續生長着。

如今，他已經變成一座冒着熱氣的小島嶼了。

水先生驚訝地看着小火山，他從來沒見過這麼奇怪的島嶼。

弗朗克，小心，在我們的航道上出現了一座新的小島！

我的天啊！

「嘿，嘿，你叫什麼名字啊？給我說說你的故事吧！」水先生喊道。

可是，小火山睡着了。他的腦袋也漸漸停止冒煙了。

他進入休眠期啦！

千萬別吵醒在睡覺的火山！

聰明的鯨魚。

思考點

進入休眠期的火山會隨時醒來嗎？

答案：處於休眠期的火山，它們有機會醒來，甚至噴發。

水先生很好奇，他想了解火山更多。於是他鑽進了一條水底隧道。

越往深處走，他感到越熱。

下面簡直是個火爐，水先生感覺自己快要沸騰了。

你好，水先生！
我是岩漿！

岩漿是從哪裏來的？為什麼會是滾燙的呢？

岩漿是在地下熔化的岩石形成的物質，因為越接近地心，溫度就會越高。所以，岩漿是滾燙的。

水先生發現在岩石底下，在大海的深處，藏着岩漿先生，他是一條着了火的「河流」。

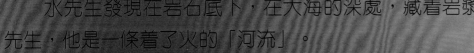

當水受熱時會變成水蒸氣,當水冷卻時又會變成什麼呢?

岩漿先生的熱量實在太驚人了:他瞬間就把水先生變成了水蒸氣,還將水先生從地層的一個洞口噴發了出來。

嘭!

水先生碰到岩漿先生了!

答案:當水冷卻時,就會凝結成冰,也會變成水。

10

好壯觀的噴泉！

大自然真偉大！

小朋友，你有沒有
去過旅行？即使是
爬山、逛公園這種
小小的旅行呢？旅
行途中有發生特別
的事情嗎？和爸爸
媽媽或好朋友說一
說關於你旅行的經
歷吧。

等到冷卻了之後，水先生再次回到地下去探索。
這次，他想要好好了解岩漿先生和年輕的火山。
真是一次冒險之旅啊！

水先生遇到了許多可愛的礦物質：他們送給水先生一些特別的「禮物」，給他帶來豐富的營養和活力。

與此同時，岩漿先生高興地為岩石加熱。

給你一點點硫磺！

給你一點點鐵！

給你一點點錳！

給你一點點銅！

岩石和水晶是由我製造出來的！

水先生從一個露天的小湖裏鑽了出來。
這裏的水是熱的，並且有着對健康有利的豐富礦物質。

誰還會想離開呢？

這裏的溫泉水實在太舒適了！

為什麼大家都喜歡泡溫泉？

這是因為，溫泉水裏含有一些對人體有益的礦物質，對皮膚和身體都能起到滋養和調節作用，同時，熱熱的溫泉水讓身體溫度上升，能促進血液循環，還能讓人放輕鬆，感到很舒適。

很多人來到這裏泡溫泉，他們感到非常放鬆和高興。

「多麼美妙的感受！」水先生說，「我很快會回來和你們一起泡溫泉的！」

火山灰為什麼能長出植物？

火山灰剛剛降下來的時候是酸性的，這時候不能在上面種植，但是，當它被雨水等洗刷、中和後，就能種植植物了。而且火山灰裏面的各種微量元素對植物生長很有幫助呢。

水先生又回到了大海裏。

現在，睡着的火山上住了好多人：他們在上面耕地、居住。

火山灰形成的土壤很肥沃，可以長出許多植物！

水先生心想：「岩漿先生很可能會吵醒年輕的火山，我要守護在這裏。」

水先生猜對了：許多火山會睡很長時間，但他們也有可能隨時會醒來。

最好隨時注意他！

有一天，水先生覺得海面四處都在搖晃。

泥土封住了火山口，可是岩漿先生這時想要出來。

「快跑啊！趁火山還沒有噴發！」水先生大聲喊道。

快跑啊！

一直待在下面真悶啊！

火山噴發出的岩漿溫度可以高達多少度？

我們是火山灰！

我是滾燙的岩漿！

答案：
火山噴發時的岩漿溫度可以高達 1000-1200℃，所以沿途流經的物方植多物都會被燒化。

當人們逃上船的時候，岩漿先生終於衝破了封鎖，火山也蘇醒了。

這是一次壯觀的火山爆發！

岩漿和火山灰四處噴射，天上也開始聚集滿滿的煙霧和灰塵。
幸好滾燙的岩漿沒有流到人們的家裏。

好響的爆炸聲！

巨大的能量！

太亮了！

真壯觀！

你知道史上最有名的火山噴發是哪一次嗎？

最有名的火山噴發發生在公元79年，維蘇威火山爆發。也就是1200多年前，那次火山噴發將整個城市都埋藏在火山岩漿下。因為很有名，那次火山噴發還被拍成了電影。

可怕的火山噴發持續了好幾天。

火山再也不是曾經沉睡的那座火山：他變得更加巨大，因為冷卻後的岩漿變成了岩石，一層覆蓋着一層。

23

大部分人都住在平地上，但也有一部分人住在山上，你知道山上可以種植什麼植物、養什麼動物嗎？

在山上可以種植馬尾松、杉樹等耐旱的植物；也可以養殖綿羊、野兔、雞等動物。

他其實挺好的！
只是偶爾會搗亂！

現在，火山再次進入夢鄉，人們也重新回到山上居住，土地變得更加肥沃了。

科學小實驗

現在就來和火山一起玩遊戲吧！

你會學到許多新奇、有趣的東西，
它們就發生在你的身邊。

製造岩漿

你需要：

 一個玻璃罐

 植物油

 水

 一片能使水變色的泡騰片

難度：

做法：

1 往玻璃罐裏裝水，裝到三分之一的高度。

 往罐子裏倒油，直到裝滿。等待兩種液體完全分離開。

把一小塊泡騰片扔到罐子裏，看看會發生什麼。

 水變色了，溶化了的泡騰片冒出了許多氣泡，這些氣泡進入到油裏，產生非常奇妙的效果，就好像火山岩漿冒出的泡泡！

注意：拿出一顆泡騰片，把它一分為二，或者一分為四，這樣遊戲就可以玩得久一些。

肚子痛的火山

你需要：

 一個塑膠瓶

 紅色墨汁或顏料

 一個盤子

 醋和蘇打粉

 一個小匙子

 用來裝麵包或水果的紙袋

 一個漏斗

做法：

難度：

1

把塑膠瓶放在盤子上，往塑膠瓶裏倒醋，裝滿半瓶；然後往瓶子裏加一點紅色墨汁或顏料。

用紙袋包住塑膠瓶，露出塑膠瓶瓶口，現在，包好的塑膠瓶看起來就像一座小火山。

 接下來可有趣了：利用漏斗，往瓶子裏倒入一小匙蘇打粉！

 看，多麼美麗的「火山爆發」！

醋和蘇打粉混合在一起的時候會膨脹，並產生大量的氣泡！看起來就和真的小火山噴發一樣，不是嗎？

好奇水先生
火山醒來了

作者：〔意〕Agostino Traini
繪圖：〔意〕Agostino Traini
譯者：張琳
責任編輯：曹文姬
美術設計：何宙樺
出版：新雅文化事業有限公司
香港英皇道499號北角工業大廈18樓
電話：（852）2138 7998
傳真：（852）2597 4003
網址：http://www.sunya.com.hk
電郵：marketing@sunya.com.hk
發行：香港聯合書刊物流有限公司
香港荃灣德士古道220-248號荃灣工業中心16樓
電話：（852）2150 2100　傳真：（852）2407 3062
電郵：info@suplogistics.com.hk
印刷：中華商務彩色印刷有限公司
香港新界大埔汀麗路36號
版次：二〇一五年五月初版
二〇二二年十月第四次印刷
版權所有‧不准翻印

ISBN: 978-962-08-6314-1
©2013 Edizioni Piemme S.p.A., via Corso Como, 15 - 20154 Milano - Italia
International Rights © Atlantyca S.p.A. - via Leopardi 8, 20123 Milano,
Italia - foreignrights@atlantyca.it - www.atlantyca.com
Original Title: Il Vulcano è una Testa Calda
©2015 for this work in Traditional Chinese language, Sun Ya Publications (HK) Ltd.
18/F, North Point Industrial Building, 499 King's Road, Hong Kong
ublished in Hong Kong SAR, China
Printed in China